KB196906

마음으로 그린 행복

마음으로 그린 행복

펴낸날   초판 1쇄 2024년 11월 22일

지은이   이미경
펴낸이   서용순
펴낸곳   이지출판

출판등록   1997년 9월 10일
등록번호   제300-2005-156호
주소   03131 서울시 종로구 율곡로6길 36 월드오피스텔 903호
대표전화   02-743-7661 **팩스** 02-743-7621
이메일   easy7661@naver.com
창작지도   윤보영 감성시학교
인쇄   ICAN
물류   (주)비앤북스

값 15,000원

ISBN 979-11-5555-235-3 03810

이미경 감성시집

마음으로 그린 행복

이지출판

시를 만날 때마다 '참 잘 쓴다'는 생각이 들곤 했던 이미경 시인이 드디어 첫 시집을 발간한다. 시인의 시 속에는 시인이 만난 긍정적인 일상이 그대로 담겨 있다. 이 긍정의 바탕은 사랑이다. 가족 사랑, 이웃 사랑, 부모님에 대한 사랑 그리고 자신에 대한 사랑이 시를 만나 감동이 되었고, 그 감동은 시를 읽는 독자들에게 사랑의 주인공이 되게 한다.

시인이 처음 감성시를 쓰기 시작한 것은 4년 전이다. 그동안 참 열심히 시를 적어 왔지만, 시인은 시집 발간을 망설였다. 앞에서도 언급했듯 참 잘 적은 시, 이 시들은 바쁜 시대를 살아가는 사람들에게 사랑에 대해 다시 생각해 볼 수 있는 기회를 줄 수 있어 시집 발간을 권유했다.

시도 나이가 든다는 말이 있다. 시집 발간을 위해 시를 정리하다 보면 오래전에 적은 것 가운데 시가 마음에 안 들 수가 있다. 이것은 습작을 통해 자신의 시쓰기 능력이 높아졌다는 뜻이기도 하지만, 독자들은 여전히 시인이 처음 적으면서 스스로 감동했던 그 시에 공감하게 된다.

이제 시집 발간을 통해 감성시인이 되었으니 앞으로 감성시를 배우고 싶어하는 사람들에게 감성시 쓰기 기법을 전하는 역할도 했으면 좋겠다. 나 역시 시인과 함께 감성시를 쓰면서 더 뚜렷한 자신만의 개성 있는 감성시를 적을 수 있도록 도와 드릴 것을 약속한다.

윤보영 감성시학교가 있는 '이야기터휴'에서

이 시집은 우리 마음속 깊은 곳을 울리는 감정의 향연입니다. 시마다 깜짝 놀랄 만큼 섬세한 언어와 생생한 이미지들이 가득하여, 읽는 이로 하여금 잊고 있던 감정을 다시 일깨워 줍니다. 시인은 일상의 소소한 순간들을 통해 사랑, 슬픔, 희망을 아름답게 풀어내며 독자에게 진정한 공감을 선사합니다.

이 책은 단순한 시집이 아닙니다. 우리 마음의 거울이며, 우리 내면을 들여다보게 하는 창입니다. 시를 읽는 순간, 우리는 각자의 이야기 속으로 빠져들게 되고, 그 속에서 위로와 감동을 찾게 됩니다.

이 시집을 통해 감정의 깊이를 느끼고, 언어의 힘을 경험해 보세요. 당신의 마음에 따스한 불빛을 밝혀 줄 것입니다.

이미경 시인은 시를 참 맛깔나게 적는다. 일상에서 건져올린 시상으로 감성시를 적어내는 실력이 뛰어나다. 시 속에 일상이 그대로 담겨 있으며, 유치원 원장으로 아이들과 오랜 기간 함께한 순수함과 따스함이 묻어 있다. 시를 읽다 보면 감탄사가 연이어 나온다. 시 속의 웃음은 오랜 경험과 좋은 습관에서 비롯된 것이고, 시인에게는 큰 재산이 된다.

시를 쓰는 사람들은 자기만의 시적 발견을 찾기 위해 노력한다. 그러나 노력해도 어려운 것이 새로운 시적 발견이다. 하지만 이미경 시인의 시에는 새로운 발견을 위한 애씀이 듬뿍 담겨 있다.

시는 읽어 주는 독자가 있어야 살고, 그렇게 하려면 시가 쉬워야 한다. 쉬우면서도 마지막에는 살아 있는 감동이 담길 때 감성시의 역할을 하게 된다. 이미경 시인이 앞으로 더 많이 시를 적고 더 많은 독자들에게 사랑받는 감성시인이 되기를 소망한다.

25년이라는 긴 시간을 유아교육 전문가로 아이들, 부모님들과 함께했습니다. 지금은 '강사'라는 타이틀로 다양한 분야에서 많은 사람의 성장을 응원하며 함께하고 있습니다.

그런 제게 '감성시'는 어렵기만 한 도전이었어요. 한국강사교육진흥원에서 만난 '윤보영 시인학교'는 열기 어려운 빗장 같았습니다.

어렵기만 하던 글쓰기가 행복하고 소소한 일상들을 기록하는 감성시로 변화하기 시작하면서 자신에게 "잘하고 있어!" "대단한데!" 하고 토닥이고 있더라구요.

상상력은 가장 아름다운 선물이라는 말처럼, 감성시를 써 내려가는 시간이 선물처럼 다가왔습니다.

25년간 유아교육 현장에서 만난 아이들의 순수함을 전하고 싶었습니다.

성인이 된 두 아들과의 성장 에피소드를 감성시로 남겨 오랫동안 기억하고 싶었습니다.

사랑하는 부모님, 가족들, 친구들의 이야기로 말하지 못하던 '사랑'을 표현하고 싶었습니다.

그 마음들을 감성시로 '사랑 고백'하려고 합니다.

시를 쓰는 저에게 격려와 칭찬을 아끼지 않으신 존경하는 윤보영 시인님, 흔쾌히 추천의 글을 써 주신 한국강사교육진흥원 김순복 원장님과 한국인권성장진흥원 전준석 원장님, 그리고 사랑하는 부모님, 소중한 두 아들, 감사한 가족과 친구들, 저를 아는 모든 이들과 첫 시집 출간의 행복을 나누고 싶습니다. 또 멋진 시집을 만들어 주신 이지출판사 서용순 대표님께도 감사 인사 드립니다.

이 시집의 첫 장부터 마지막 장까지, 읽는 모든 분에게 선물 같은 시간이기를 바라봅니다.

2024년 늦가을
이미경

● 차례

제1부 물음표 가득한 세상

제2부 민들레 씨앗처럼 가볍게

제3부 그대에게 달려가는 길

제4부 모래 위에 길을 만드는 아이

제5부 내게 기도가 된 당신

제1부

물음표 가득한 세상

나의 아침

시작을 알리는 단어
'아침!'

매일매일
아침이 이어집니다
그 속에서
그대를 만납니다

오늘도 내 안에
그대 모습 불러 놓고
하루를 엽니다

다시 보니
나의 아침은
늘 그대였습니다.

사랑나무

그대를
처음 만난 날
내 마음에
작은 나무 한 그루 심었습니다

행복 속에서
꿋꿋이 자란 나무
열매를 맺기 시작했습니다

그 이름
'사랑!'

쉼표

내
인생에
쉼표가
생겼습니다

그대라는
쉼표!

오늘도 안녕

톡톡톡
다시 만난 봄비가
어깨를 두드립니다

잘 있었니?
잘 있었구나!

오늘도 봄비를
느낄 수 있음에
내 안을 엽니다

"행복! 안녕?"

수첩

해야 할 일
기억해야 할 일
적어 놓은 수첩!
참 많이도 적었습니다

아!
오늘
중요한 한 가지
놓칠 뻔했네요

그것은
그대 생각을 꺼낸 일!

사랑은

보고
듣고
느끼는 것이 아니라

사랑은
가슴 안으로 스며드는 것
저절로 익숙해지는 것!

"사랑해!"
이게 그대에게 주고 싶은
선물이고

"사랑해!"
이게 그대에게 받고 싶은
선물이니까.

채점

세상에서
가장 어려운 시험

그대의 마음
알아내는 일

두근두근
알아낸 그대 마음!
오늘은 백점입니다.

생방송입니다

편집도 없고
NG도 없는

그대 사랑은
언제나

ON LIVE!

창고

그대 향한 마음
차곡차곡 넣어 둔
마음 창고로 들어섭니다

그런데
어쩌지요?
창고가 가득 차
만원이니!

질문

망설여요
무슨 말을 해야 할지

그대에게 묻고 싶은 게
너무 많아
고르고
고르다
툭 나온 말!

"밥은 먹었나요?"

마음 시계

그대와
처음 만난 날

내 마음 시계는
잠깐 멈추었지요

지금 행복 시계가
돌아가고 있습니다

행복이 있는 그곳으로
그대 향해 달려갑니다.

그대 보이나요?

나무가 자라
숲을 만들 듯

그대 생각
하나씩 쌓이더니
숲이 되었습니다

우거진
이 숲!
그대 보이나요?

날갯짓

나비의 날갯짓이
세상을
변화시킬 수 있다고 합니다

나의 세상은 그대랍니다

혹시 그대!
날갯짓할
준비되었나요?

초록 신호등

빨간 신호등에
가슴이 설렙니다

색이 바뀌면
그대
내게 올 테니까요!

마중 나간
내 마음은
늘 초록 신호등!

표지판이 필요해

표지판을 따라
길을 나섰어요

그 길 끝에
그대가 기다릴 것 같아
두근대는 마음으로
한 걸음씩 내딛고 있습니다

그런데 어쩌지요?
가도 가도
그대는 없고
기다림만 있으니

그대에게 가는 길도
표지판이 있으면 좋겠어요.

느낌표

물음표로
가득한 세상

몇 번을 물어봐도
그대는 늘 느낌표!

단 하나밖에 없고
무엇과도 바꿀 수도 없게
내 가슴에
당신 사랑이 찍어 둔
느낌표!

사랑 한 국자

조개 넣고 끓인
미역국 레시피

엄마처럼
정성 들여 끓인 후
소금?
간장?

모르겠다!
사랑 한 국자 넣었습니다.

중독

무엇에 빠져
제대로 판단 못 하는
그것?

중독입니다

그대에게
빠진 나
중독일까요?

마음을 그린다고?

마음을 그리는
화가가 있다면?

내 마음은
그리지 못할 거예요

왜냐고요?
점점 커져 가는 내 마음
담을 종이가 있겠어요?

일방통행

이 길로 가면
그대를 만날까?
그대에게 가는 길을 몰라
헤매는 날

걷다가 멈춰 선
일방통행 골목에서
좁은 골목 사이로 보이는
또 다른 길
그 길 끝에
그대가 있을 것 같아

앞으로
앞으로 달리다가
여기까지 왔습니다
돌아가는 길도 없는데
앞으로도 계속 가야겠지요?

덕분에

"따스한 말 한마디는
누군가의 가슴속에
꽃으로 핀대요."

나는 오늘
누군가의 가슴속에
꽃이 되어
온종일 향기롭게 만들어 주고 싶어요
행복하게 해 주고 싶어요

그 누군가가
그대라면
당연히 우린
마주 보며 웃는
행복이겠죠?

걱정 말아요

장미 넝쿨이
울타리에 가득이다

꽃 한아름 가져와
꽃잔치 해야지
동네 사람 가득 불러
나누어 드려야지

나누다 혹시
장미꽃 좋아했던
그대를 만나면 더 좋고

"걱정 말아요
그대 없이도
나 잘 살고 있어요
장미꽃처럼요."

가방

가방 속을 보면
그대 생각하는
내 마음이 보여요

가득 채워도
비워지고
잘 정리해도
다시 흐트러지고

그대 마음속
나는 어떤가요?

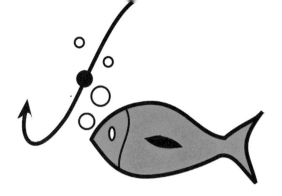

낚시

낚싯배를 타고
바다로 나왔습니다

이상합니다
내게는 작은 물고기조차
잡히지 않습니다

아~
나에게는
이미 월척!
당신이 낚였네요.

제2부

민들레 씨앗처럼 가볍게

풍선

불면 커지는 풍선
터질까 조심조심

그대 향한
내 마음도 조심조심

어쩌지요?
자꾸만 커지는데.

봄비가 글쎄

겨우내 움츠렸던 어깨를
살며시 움직인다

얼어붙은 마음에
따스한 온기가 스며든다

봄이 왔다고
봄비가 말한다

봄비 오듯
그대가 왔으면 더 좋을 나에게
봄비가 글쎄.

고마워요

봄을 알리는 민들레꽃
콘크리트 사이로 얼굴을 내밀었다
노란빛으로 주변을 밝힌다

겨우내 어두웠던
내 마음
밝은 빛으로 비춘다

그대 생각으로 밝혔으니
나도 이제
기다림을 접고
민들레 씨앗처럼 가볍게
그대에게 닿고 싶다

그대도 그랬으면 좋겠다.

벚나무 아래서

며칠 동안 아름다움을
뽐내던 벚꽃이
눈꽃으로 내린다

당신은 알까?
내리는 눈꽃처럼
내 마음도
보여 주고 있다는 걸.

라일락 향기

신기하지요?
비가 오는데
빗속 보랏빛 꽃송이들은
달콤한 향기를
여전히 전하고 있는 걸 보면

그대가 그런 걸요
비가 와도
빗물에 지워지지 않는
보랏빛 향기로
내 안에 남아 있는 그대!

언젠가
그대를 만나면
그대의 향기
잘 간직하고 있었다고
그리워했다고 말해야겠어요.

핑계

운동화 끈을 조이고
아침 운동을 나섰어요

뿌연 안개가
걸음을 더디게 합니다

안개가 있어
운동은 그만해야겠네요

핑곗거리가 생긴 오늘!

있잖아요
운동은 내일부터 하고
커피 마시면서
그대 생각이나
실컷 해야겠어요.

마음 온도

그대와 나
우리 마음 온도는
몇 도일까?

컵을 잡은 두 손이
조심스럽다

조금씩 뜨거움이
따스함으로 바뀌고
편안하게 잡힌다

어느새 차갑게 식어 버린 컵을
한 손으로 쥐고 있다

그대와 내 마음 온도
늘 한결같기를

하지만 내 안에는
식지 않는 그리움이 있다
다행이다.

메모장

이상하다
어디 있지?

잊지 말라고
잘 적어 둔
중요한 메모지 한 장
그걸 잃어버렸다

안 되겠다,
다음에는
더 잘 메모해 두어야겠다

내 마음에
메모장을 준비한다.

사진 1

스마일!
사진을 찍는데
나도 모르게
미소가 그려져요

스마일!
나를 미소 짓게
만드는 건
카메라일까요?

아니면,
내 모습을
보고 웃는
그대일까요?

사진 2

신기하지요?
사진을 보면
십 년 전 추억들이
어제 일처럼 떠올라요

작은 종이 한 장에
그대 모습
목소리
향기까지
모두 다 담겨 있는 건

내 기억력이
좋아서일까요?

아니면,
그대 기억이
진해서일까요?

체중계

발꿈치를 들고
숨을 참았어요

오늘도 숫자는
내려가는 길 못 찾고
올라만 갑니다

그대 보고 싶은
내 마음
오늘도 조절 실패!

그대 향기

전철 안
바쁜 하루를
시작하는 사람들

쿵!
내려앉은
내 마음

사람들 틈에
그대가 없는 줄 알면서도
낯익은 향기에 돌아봅니다

나는
아직
그대를 기억합니다
그대가 그립습니다.

내 마음

내 마음속
건조주의보!
그대, 보이나요?

마른 땅을
적시는 빗물처럼
나에겐 그대가 그러합니다

과하지도
부족하지도 않은
그대 사랑이 그립습니다.

행복한 기억

돌담을 떠올리면
그대 기억이
나를 행복하게 만듭니다

내 마음
돌담처럼 쌓고 기다리는데
그대는 아직 모르시나요?

기다리다
지치지 않으려고
대문까지 달았는데.

나도 모르게

양파를 썰면
나도 모르게
눈물이 나요

그대를 보면
나도 모르게
눈물이 나듯

눈물 흘리는 나를
다시 웃게 만드는 그대!
그대를 사랑합니다.

봄을 기다리듯

따뜻한 봄을
시샘하는
꽃샘추위!

이 시간이 지나야
봄이 오듯
그대 오기를 기다립니다

내 안 가득
꽃부터 피우고
미리 기다립니다.

겨울밤

창 사이로 들어오는
매서운 바람에
얼굴이 찡그려집니다

겨울밤
그대가 온다면
그 온기에
닫혔던 미소가 열릴 텐데요

이 겨울밤도
그대만 온다면
그대가 내 곁에 온다면.

얼음땡

그대가
없으면
난 얼음!

그대가
있으니
땡!

그래서 그대는
나에게
겨울도 여름으로 만드는
얼음땡!

그냥 웃지요

갑자기 비가 내립니다
손바닥으로
하늘을 가리고 뛰어가다
편의점으로 들어갔지요

우산을 사서
기운차게 나옵니다
이런!
비가 그쳤네요

하하!
그냥 웃지요

내 안에
즐거움이 내립니다
다시 우산을 쓸까요?

고민하지 마요

내 안에
항아리가 있어요

항아리 가득
숨겨 놓은
그대 향한 내 마음!

이제 당신
고민하지 마요
그냥 꺼내기만 해요

쉽지요?

꽃나무처럼

그대가 두고 간
작은 화분 속 꽃나무
뿌리와 줄기가 많이 자랐어요

더 잘 자랄 수 있게
큰 화분으로 옮기는 날

그대 그리며
꽃나무처럼 커진 내 마음도
함께 옮깁니다.

선물

받는 것과 주는 것
어느 쪽이 더 행복일까?

음~
그대와 나
우린 서로
늘 마음을
주고받아야 하니까

난 그냥
사랑!

오늘도

아침 햇살에
창문 열고
대청소를 하고 있어요

아~
장롱 속에서 찾아낸
커다란 가방 속에
차마 버리지 못한
기억들이 있네요

오늘도
난
그대 향한 그리움
그 버리지 못한 마음을
가방 속에 다시 넣고 있네요.

지구

보이나요?

나의 지구는
지금도
그대 향해
돌아가는데….

제3부

그대에게 달려가는 길

돌담처럼

돌담을 지나다가
그대 생각에
미소 짓습니다

그대 기억이
떠올라서입니다

그 기억 위에
오늘도
돌담처럼
보고 싶은 마음 하나
더 얹었습니다.

그 길 끝에

나의 계단은
오르고 내리는 것이
전혀 힘들지 않아요

그 길 끝에는
늘 내가 좋아하는
그대가 있으니까

날 좋아하는 당신!
그대도 그렇겠지요?

추억은

가끔 생각해요

추억은
나를 살게 하는 힘이지만
때로는, 붙잡지 말고
흘러가게 두는 게 좋다는 걸요

그대 그리워하는 마음도
흘러가게 둘까요?

가도 가도
그 자리
그곳에
늘 제가 있을 테니까요.

이런 이런

물만 먹었는데
몸무게가 늘었다

이런 이런,
몸무게는 줄수록 좋고

다행 다행,
그리움은 커갈수록 좋고.

나도 스마일

매일 매일 좋은 날이
오지 않아도
매일 웃어 주는
그대가 있어 행복합니다

오늘 아침은
'매우 맑음!'
그대 미소를 만났습니다

나도 스마일!
그대 닮은 미소로
하루를 시작합니다.

수박

톡톡톡!

두드리지 않아도
보이는 내 마음!
그대는 왜 모를까?

그날이 오면

며칠 전 심어 놓은
꽃모종이 가득한 꽃밭

어떤 색과 향기로
꽃이 필지
기다려집니다

꽃송이 가득한
그날이 오면
그대 향한 내 마음도
활짝 피겠지요?

같이 갈래요?

가슴 설레게 하는 말
여행!

준비하는 수고로움도
행복해지게 만드는 마법

오늘 나는
설레는 마음 앞세워
여행을 떠납니다

그대
같이 갈래요?

그대 발자국

바닷가 모래 위
그대 발자국 따라
걷고 있습니다

두근두근!
가슴이 뜁니다

그대 발자국 위에
새겨지는 내 발자국
"어쩌면
만날지도 몰라!"

이 생각이
날 이렇게 만들고 있습니다.

그대에게 가는 길

그대에게 달려가는 길
빨리 가고 싶은 마음에
운전대를 꼭 잡고 있습니다

꽉 막힌 도로
오랜 시간 운전으로
굳어 버린 어깨와 허리

그래도 좋아요
그대에게 가는 길이라서
내 마음은
텅 빈 고속도로를 달리고 있는 걸요.

충전 중

"사랑합니다!"
이 한마디에 기운이 납니다

그 한마디에
내 마음은
하늘로 올라갑니다
땅으로 내려올 줄 모르고
올라만 갑니다

그대 마음
그대 목소리
내 안에 충전 중!

빈자리

늦은 퇴근길
마음이 조마조마

조금만 늦어도
차 세울 곳을 찾아
이곳저곳 헤매야 하지요

오늘은 운수 좋은 날!
내가 원하는 곳에
차를 쏙!

그대 마음 빈자리에
나 들어가도 될까요?

아직도 자?

밤새 내린 비로
무게를 이기지 못한 꽃들이
고개를 숙였네요

잠에서 깬
다섯 살 아이
"아직도 자?"
꽃에게 말을 건넵니다

꽃보다 더 소중한
사랑스런 아이를 바라봅니다

아!
이런 게 행복이었네요.

달팽이처럼

길가 나뭇잎에
달팽이 한 마리!
제 집 둘러메고
앞으로
앞으로 가고 있어요

내 마음도
달팽이처럼
조금씩 조금씩
나아가고 있지요

그대 마음속
그곳이
제가 가야 할
목적지니까.

약국

우리 동네 약국은
가는 날이 장날입니다

내가 가면
꼭 쉬는 날이거든요

그렇다고
걱정 마세요

그대 내게 오는 날
그날 내 마음은
쉼 없이
24시간 문 열고 있을 테니까.

뒤집기

팬케이크 반죽을
부지런히 젓고 있습니다

팬에 올려
먹기 좋게 익으면
재빨리 뒤집어요

아!
할 수만 있다면
날 좋아하는 그대 마음도
뒤집어 보고 싶어요.

새벽별

긴 밤이 지나고
새벽에 눈을 떴습니다

새벽별을 보니
마음이 덩달아 밝아집니다

내 가슴에
새벽별로 있는 당신!

당신 만나러
달려가야겠습니다.

어쩌면

어쩌면…

떨어지는
나뭇잎만큼
그대 사랑이 내게 온다면

참
좋겠다.

설탕 두 스푼

한 모금에
입안 가득 향기가 퍼지는
에스프레소

설탕 두 스푼 더하면
달달한 커피 맛이 진해집니다

그대는 내게
늘
설탕 두 스푼입니다!

친구들

스무 살
어른의 시작을
함께한 소중한 친구들

오십을 앞에 두고
에너지 넘치는 은경
배려 가득한 은정
미소가 예쁜 순자!

자꾸만 보고 싶은
내 마음
알지?

처방전

두근두근
그대 생각에
심장이 바빠집니다

아프도록
보고 싶은 지금

내 마음
진정시킬
처방전이 필요해요!

난로 같은 사람

어느 곳을 가든
또 누구를 만나든
늘 따뜻하게 만드는 사람!
나에게는
난로 같은 사람이 있습니다

그 사람
내 안에 있어
겨울조차 따뜻하게 만듭니다

우리 사랑을
더 사랑답게 만듭니다.

나만의 스타

밤하늘 가득
별이 보이는 날

이상하지요?
내 눈 가득
반짝이는 별은
오직 그대 하나뿐이라서요

내게 그대는
스타!

하나만으로도
내 안을 다 비추고도 남는
그대는 큰 별!

행복이란

시간이 지나도
변함없이 밝은 빛!

나의 세상은
그대를 만나야
더 환해집니다

그래서
그대를 만납니다

소소하지만
이게 나에게는
커다란 행복입니다.

제4부

모래 위에 길을 만드는 아이

어머니

꽃을 좋아하고
뜨개질을 잘하는 그녀

온 동네
음식 솜씨로도
소문이 자자하던 그녀

세월 지나
음식 솜씨도
뜨개질도 예전 같지 않지만
자식 사랑은
무한대입니다

헤아릴 수 없어
산이 됩니다
바다가 됩니다.

엄마표 스웨터

뜨개질이 한창인
우리 엄마

딸에게 줄
스웨터 짜느라
며칠 전부터 분주하시다

4년 전 아프고 나서
가끔 가족들도 몰라보고
조금 전 있었던 일도 잊곤 하지만
뜨개질은 기억한다

어느새 완성된
엄마표 스웨터!

그걸 입은 나는
엄마의 가장 소중한
작품이 된다
사랑이 된다.

가로등

어둑해진 길을
조심조심 걷다가
그대를 만났습니다

환하게 비추는
그대 덕분에
당당하게 걸을 수 있습니다

어머니와 딸!
이제는 서로가
가로등이 됩니다

어머니!
사랑합니다.

엄마의 울타리

내 엄마의 울타리는
크고 강했습니다

아이들이 자라니
울타리도 따라 커졌습니다

나도 엄마!
엄마 당신이 그랬듯
울타리를 만들겠습니다

크고 단단한 울타리
그 울타리 안에
사랑을 가득 담겠습니다.

창밖을 보며

엄마와
의자에 앉아
창문 밖을 바라봅니다

많은 것을
들려주고 싶어
엄마 앞에서
수다쟁이가 됩니다

"엄마, 엄마!
유리창에 엄마랑 내가 있어요!"

창문을 통해 배웠습니다
엄마와 함께 있는 시간이
행복이란 걸
그 행복 속 주인공이
나라는 걸.

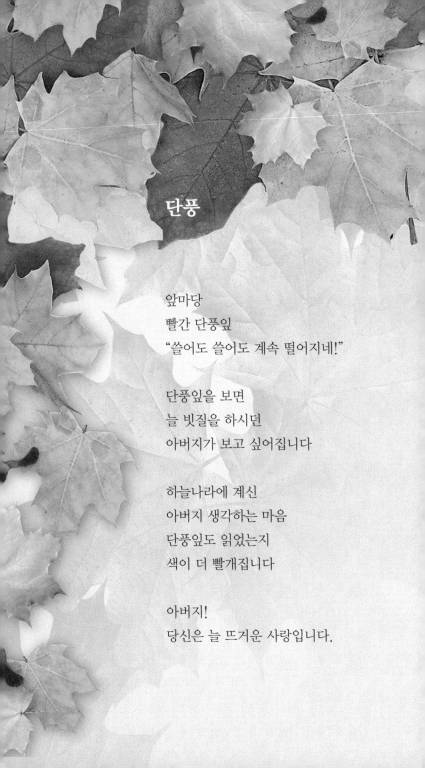

단풍

앞마당
빨간 단풍잎
"쓸어도 쓸어도 계속 떨어지네!"

단풍잎을 보면
늘 빗질을 하시던
아버지가 보고 싶어집니다

하늘나라에 계신
아버지 생각하는 마음
단풍잎도 읽었는지
색이 더 빨개집니다

아버지!
당신은 늘 뜨거운 사랑입니다.

아빠의 모자

일평생
모자라고는
'군모'만 써 보았다는 아빠!

폐암으로
머리카락 빠지고
기운이 없어진 아빠는
딸이 씌워 준
모자 하나에 웃고 계십니다

그 모습에
나도 웃었습니다.

엄마 소원

"딸! 나 소원이 있어!"

"응, 엄마! 무슨 소원?"

"딸이랑 순댓국 먹는 거!"

돌아가신 아빠와
자주 드시던 순댓국
이제는
딸과 드시고 싶은가 봅니다

"엄마, 우리 어제도 먹었는데요?"

이 말 꿀꺽,
속으로 삼킵니다

앞에 놓인 순댓국 속에
아버지 웃는 얼굴이 담겼습니다.

모자 선물

"와! 나 모자 선물,
태어나서 처음 받아 봐!"

아이처럼 좋아하는
엄마 모습에
오늘도 웃음이 납니다

"엄마! 얼마 전에도
그 말 하신 거 아세요?"

모든 것을
처음처럼 반기는 엄마!
그래도 좋습니다

엄마!
사랑합니다
고맙습니다.

엄마와 열대어

칠순 엄마의 취미는
열대어 키우기!

오랜만에 찾아간 딸에게
"세상에, 얘들이 내 말을 알아듣고
부르면 모인다!"

나는 보지 않고
물고기 얘기를 꺼내시는 엄마

어항 속 열대어보다
못난 딸은 부끄러워집니다

"엄마, 부르지 않아도
자주 올게요."

딸의 꿈

"키가 크려고 그러는 거야!"

어릴 적
높은 곳에서
떨어지는 꿈을 꾸면
토닥이며 달래 주시던 엄마

훌쩍 자란 딸의 꿈

"엄마,
건강하게 오랫동안
우리 곁에 있어 주세요."

처음 사랑

처음 사랑!

두근두근
안 보면 보고 싶고
곁에 있으면 행복하고

아가에게 엄마는
첫사랑
가슴에 자리매김된
큰 사랑!

놀이터

걸음마 아기가
놀이터에 나옵니다

처음 나들이에
엄마와 아기는 설렙니다

사랑이 담겨야 할
아기의 세상!

이제
시작입니다.

손 씻기

"혼자 손 씻었어요!"

두 손 가득
온몸에
비누 거품을 만들고
미소 짓는 아이!

혼낼까 말까?
고민도 잠시

엄마 입가에 미소가
거품처럼 번집니다.

얼음물이 필요한 날

엄마 얼굴은
붉은 노을로 변신 중!

미운 네 살 아이는
"싫어. 안 갈 거야!"
빨갛게 달아오른 얼굴로
유치원 정문에서 떼를 쓴다

아, 오늘은
엄마와 아이 마음을 식혀 줄
차가운 얼음 같은
양보가 필요한 날.

언덕길

더운 여름
아이와 함께
오르는 언덕길

걸음마다
칭얼대는
아이를 달랩니다

더우니까 여름
힘드니까 언덕

괜찮아!
괜찮아!

아이도 엄마도
이겨 내며 성장하고 있습니다.

아이 모습

빨개진 얼굴
기대 가득한 미소로
모래 위에 길을 만드는 아이!

몰려온 파도에
사라진 모랫길
웃으며 다시 만들어 갑니다

그런 아이 모습에
엄마는 더 단단해집니다.

엄마의 욕심

누구에게나 있는
'처음'

엄마는 아이에게
"건강하게만 자라다오" 말하지요

시간이 지나
아이가 자란 만큼
엄마 욕심도 따라 자랐지요

그대!
우리에게 있었던
그 처음을 잊지 마세요!

엄마, 사랑해요

누가 시킨 것도
아닌데

아이는
모래밭으로 달려가
글자를 적습니다

꾹 눌러쓴 글씨

"엄마, 사랑해요!"

느낌표 백만 개

"와 대단한데!"
"정말 잘했구나, 역시 최고야!"

아이가 어렸을 땐
사랑과 기대로
느낌표 백만 개는 적었으려나?

엄마만큼
키가 훌쩍 자란 아이에게
지금은
잔소리가 백만 개!

오늘은
사랑 담긴 느낌표
대화로
저녁 밥상 차려야지.

칭찬 나무

"잘했어!"
"역시 대단해!"

아이는
칭찬을 먹고
자라는 나무!

훌쩍 커 버린 아이에게
내 가슴에서
무럭무럭 자랄 수 있게
"사랑한다"
말해 주고 싶어요.

아이처럼

세 살 아이가
자기 주먹보다
큰 컵으로
물을 마시고 있습니다

"해냈어!"
"혼자 할 수 있어!"
행복한 얼굴로 웃는 아이

엄마는 오늘도
아이 따라 웃습니다
아이처럼 행복합니다.

아가와 아이스크림

처음 먹는
차가운 맛에
잔뜩 찡그린 아가 얼굴

웃어야 할까?
울어야 할까?
고민하다

사르르
녹은 아이스크림처럼
아가는
사랑스럽게 웃는다

그 모습에 나도
미소 가득 담긴
아이스크림이 된다.

내 마음 알까?

아이 그림 속엔
사랑이 가득해요

엄마, 아빠,
좋아하는 강아지

좋아하는 마음만큼
커져 가는 그림들

캔버스에
아이처럼
그대 얼굴 그리면
내 마음 알까요?

제5부

내게 기도가 된 당신

기도

두 손을 모읍니다
그리고
기도합니다

그대 내게
달려오라고!

아시나요?
언제부턴가
그대가
내 기도의 전부가 되었다는 걸.

사다리

어릴 적
사다리를 올라갈 때면
무섭고 두려웠지요

사다리 위에
그대가 있는 오늘!
오히려 설렘이 됩니다

한 걸음 한 걸음
그대에게 다가가는 길!

사랑입니다
내 안으로 난
행복 펼침입니다.

가지치기

매화나무에
꽃이 많이 피고
튼튼한 열매 맺을 수 있게
가지치기를 합니다

그대 보고 싶은 마음
잘라내듯
나뭇가지가 잘려져 나갑니다

그렇습니다
아직은
작아졌던 마음에
새로운 열매가 달리게
꽃을 피우고 성장하는 시간입니다

그대 생각을 불러냅니다.

프리패스

매일 지나던 길
공사 중!
돌아가야 한대요

괜찮아요,
그대에게 가는 길은
365일
프리패스!

왜 바다야?

바다가 좋아?
산이 좋아?
당연히 바다!

왜 좋아?
바다니까!

왜 바다야?
당신이 바다니까!

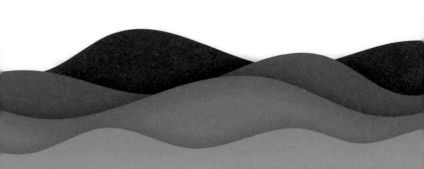

막걸리 한 상자

엘리베이터 안
술 냄새에
얼굴이 찡그려지네요

막걸리 한 상자!
"필요하신 분 가져가세요
너무 많아 나눕니다."

정이 가득한 메모에
미소가 번집니다

"아!
냄새 좋다!"

그대에게

글을 쓰거나 말할 때
강조하고 싶은 마음을
표현하는 느낌표!

그대에게
느낌표를 보냅니다

"사랑합니다!"

이상한 안경

어린 시절
안경이 쓰고 싶어
잘 안 보인다고
거짓말을 했었지요

알면서도 모르는 척
안경을 맞춰 주신 엄마

엄마의 사랑은
왜 이제야 보이지요?

그대 보이나요?

모두 잠든 밤
그대에게 가는 길을 비추는
등대가 됩니다

그대
나 보이나요?

참외가 배달되었어요

딩동!
참외가 배달되었습니다

"엄마! 집에 자주 못 가서 죄송합니다."

직장 일로
자주 오지 못하는 아들 대신
집으로 배달된
참외 한 상자

아들 속마음이
참외보다 달콤하다
늘 그랬듯
먹어보나마나다

"아들, 사랑해!"

레시피

야채 넣고
된장 넣고
조금만 기다려

두부 넣고
음,
또 뭘 넣지?

처음 만든 된장국에
두근두근!

"뭐야?
왜 이렇게 맛있지?"

맛의 비밀!
엄마 손맛에
그대 생각하는
지금 이 마음 넣은.

콩나물과 아들

아이가 어렸을 적
유난히 잘 먹던 콩나물

스물세 살 지금도
콩나물 반찬 하나에
밥 한 그릇 뚝딱!

"엄마! 매일 먹어도 맛있네요!"

엄마의 수고로움을 생각하는
그 마음에
오늘도 행복합니다.

고구마

다이어트!
근육을 만들겠다고
고구마 한 상자 들고 들어온 아들

"엄마!
오늘부터 고구마 식단입니다."

아들의 몸만들기에
엄마도
덩달아 고구마 식사

'아들!
사랑하니까 먹는 거야.'
눈으로 말했습니다.

나의 꿈

그대 꿈!
모두
이루어지면 좋겠어요

그대 꿈이
내 꿈이니까요.

엄마가 되어 보니

비 오는 날
아빠와 아이가
커다란 우산을
나눠 쓰고 지나갑니다

아빠는
우산 전부를
아이에게 내어 주고
어깨에 비를 맞고 있네요

엄마가 되니
알게 됩니다

우산을
다 내어 주고
비를 맞아도 웃음이 나오는 게
사랑이란 걸.

동생의 선물

동생이 엄마에게 선물한
검정색 명품 가방

"뭘 이리 비싼 걸 사 오냐.
이거 십만 원은 하나?"

좋으면서도
아들에게 부담될까
너스레 떠는 엄마 앞에서
영수증을 숨기는 동생!

엄마!
아들 잘 키우셨어요.

커피가 웃는다

친구라는 단어는
듣기만 해도
따스하게 느껴진다

그대
오늘은
나랑 친구할래요?

커피가 웃는다
멋쩍어 웃는
날 보고 따라 웃었다.

자전거

세발자전거가
두발로 바뀐 날

아이도 자전거도
서로 맞추느라
자꾸만 넘어집니다

뭐가 그리 좋은지
넘어져도 웃는 아이!

웃는 아이처럼
넘어져도 우리 사랑
웃었으면 좋겠습니다.

지름길

화창한 주말
도로 가득
자동차들이 줄을 섰습니다

막혀도 괜찮아요
그 길은
그대 생각으로 통과하는
하이패스가 있고

그리움으로 질러가는
지름길도 있으니까요.

겨울맞이

두꺼운 옷을 꺼내고
작년에 넣어 둔
전기담요를 꺼냅니다

내일 외출을 해야 하는데
날씨가 춥다는 일기예보입니다
하지만 걱정 없습니다.

내 안에
따뜻한 그대가 있으니까요.

겨울나기

하얀 겨울
봄을 기다리기 지루해
다들
겨울잠을 잔다지요

가을에
먹이를 저장해
겨울을 나는 동물처럼

따스한
그대를 기다리며
사랑을 저장해 두렵니다.

대설주의보

'대설주의보 발령!'

잠시 쉬어 가라고
작은 눈꽃들이 모여
기어이 일을 냅니다

사람, 자동차, 시간도
멈춰 버린 오늘

걱정 마세요,
그대 향한 내 마음은
늘 진행 중!

정월대보름

둥그렇게 뜬
보름달에
소원을 빕니다

그대
환하게 웃는 얼굴로
내게 와 주기를

달이 떴습니다
그대 닮은
웃는 얼굴이 떴습니다

오늘도
좋은 일이
생길 것 같은 예감!

혹시
당신을 만나려나?

마음으로 그린 행복